詩

9人의 시혼

夢

사문학
제18집 **시몽**

발행일	2021년 12월 20일

지은이	권동기 외 8인		
펴낸이	손형국		
펴낸곳	(주)북랩		
편집인	선일영	**편집**	정두철, 배진용, 김현아, 박준, 장하영
디자인	이현수, 한수희, 허지혜, 안유경	**제작**	박기성, 황동현, 구성우, 권태련
마케팅	김회란, 박진관		
출판등록	2004. 12. 1(제2012-000051호)		
주소	서울시 금천구 가산디지털 1로 168, 우림라이온스밸리 B동 B113~114호, C동 B101호		
홈페이지	www.book.co.kr		
전화번호	(02)2026-5777	**팩스**	(02)2026-5747

ISBN	979-11-6836-084-6 03810 (종이책)	979-11-6836-085-3 05810 (전자책)	

시 문 학
제 1 8 집

詩

9人의 시혼

夢

시몽시인협회

류심 백승훈
백암 권동기
서아 서현숙
송야 김효정
아정 유연옥
죽장 장병오
천안 김영진
함초 신옥심
혜안 김미애

북랩 book Lab

권두시 卷頭詩

— 9人의 시혼詩魂

현재의 지구촌은
그야말로 불안의 연속이다.
코로나 19의 전염병이 아직도 기생하고 있으니
사람마다 자유롭지 못한 삶을 누리고 있기 때문이다.

엎친 데 덮친 격으로
코로나보다 더 강한 오미크론이
인류를 향해 다가오고 있다고 하니
날로 근심·걱정만 쌓이고 있는 이때에도

작지만 강한 나라
동방예의지국의 나라 대한민국에는
내년에 있을 대선을 위한 후보들의 열띤 경쟁이 불붙고 있어
당분간은 어수선한 사회의 함성이 멈추지 않을 듯하고

모두가 내 탓이 아닌 남 탓으로 뿌리 내려 서로 헐뜯는
세상으로 변질하지 않을까 하는 우려도 있지만
우리나라의 미풍양속은 쉬이 무너지지 않기에
작은 걱정이나마 내려놓고 싶다.

매년 상반기 하반기로 나눠
시몽시문학지를 발행해 오던 중
언제부턴가 한 권으로 자리를 잡아가고 있는 것도
예술의 즐거움이 날로 좁아지고 있기 때문이기도 하고

또 그렇다 할 이유는
전업 작가로서 작품에만 매달리는 것도 아니고
본업에 충실하면서 틈틈이 취미생활로 창작하기에
작품을 쌓아가기란 어려운 게 사실이기도 하다.

그렇다고 하여
함께 열어 온 유구한 시간을
그냥 접을 수도 없는 노릇이다 보니
매년 멈추지 않는 의지에 박수를 보내며

이번 제18집 '9人의 시혼'에 참여하신
詩夢人의 아름다운 모습에 찬사와 더불어
작지만 크게, 크지만 낮은 자세로
묵묵히 시인의 길을 함께 걸으시길 소망하는 바다.

2021년 12월

회장 白巖 배상

연혁

○ 시몽 출범 '시를 꿈꾸고, 시를 가꾸고, 시를 꾸미는 시혼'(2004. 08. 28.)

○ 시몽시문예(서울사02183) 서울시청 등록(2007. 09. 11.)

○ 제01집 '16인의 시혼' 발행(2008. 09. 25.)

○ 제02집 '12인의 시혼' 발행(2009. 03. 21./12인 시인패 증정)

○ 제03집 '15인의 시혼' 발행(2009. 09. 05./05인 시인패 증정)

○ 제04집 '18인의 시혼' 발행(2010. 03. 06./09인 시인패 증정)

○ 제05집 '23인의 시혼' 발행(2010. 09. 14./09인 시인패 증정)

○ 시몽시문학(영덕사00001) 영덕군청 등록(2011. 02. 22.)

○ 제06집 '19인의 시혼' 발행(2011. 03. 12./07인 시인패 증정)

○ 제07집 '17인의 시혼' 발행(2011. 09. 24./07인 시인패 증정)

○ 제08집 '18인의 시혼' 발행(2012. 03. 17./03인 시인패 증정)

○ 제09집 '20인의 시혼' 발행(2012. 09. 01./04인 시인패 증정)

○ 제10집 '18인의 시혼' 발행(2013. 03. 23./01인 시인패 증정)

○ 제11집 '19인의 시혼' 발행(2013. 09. 07./01인 시인패 증정)

○ 제12집 '15인의 시혼' 발행(2014. 03. 15./01인 시인패 증정)

○ 제13집 '14인의 시혼' 발행(2014. 09. 20./01인 시인패 증정)

○ 제14집 '15인의 시혼' 발행(2015. 03. 21./04인 시인패 증정)

○ 제15집 '18인의 시혼' 발행(2018. 06. 22./02인 시인패 증정)

○ 제16집 '13인의 시혼' 발행(2019. 11. 30./02인 시인패 증정)

○ 제17집 '11인의 시혼' 발행(2020.12.30/02인 시인패 증정)

차
례

류심流沁

○ **본명:** 백승훈白承勳
○ **출생:** 1961년 부산 중구
○ **거주:** 서울 강북
○ **현재:** 시몽시인협회 회원

○ **공저**
- 제10집 시몽시문학 '기다림' 외 06편(2013. 03.)
- 제11집 시몽시문학 '울엄니' 외 06편(2013. 09.)
- 제12집 시몽시문학 '겨울은' 외 07편(2014. 03.)
- 제13집 시몽시문학 '우리딸' 외 06편(2014. 09.)
- 제15집 시몽시문학 '빈자리' 외 09편(2018. 06.)
- 제16집 시몽시문학 '온종일' 외 09편(2019. 11.)
- 제17집 시몽시문학 '밤에게' 외 14편(2020.12.)

류심 01
공기 한 알과 당신

처음에는
숨쉬기가 힘들어서
그저 가슴에
스민 줄만 알았다

무언가
덜컥 치받쳐서
서둘러 먹은 밥이
체한 줄만 알았다

그런가 보다 했는데
어찌 된 것이
어디 한 구석
온전히 내버려 둔 곳이 없다

뇌세포
줄기 솜털
뼛조각 끄트머리
몸 안에 드는 공기 한 알도
당신이다

류심 02

그 사람의 바다

너무 맑아서
색깔마저 투과해 버리는
단 하나의 바다

햇살 반짝일 때마다
토독토독 튀어 오르는
진공 유리판 수면 아래로
가만히 내려앉은
당신의 세상

그 깊은 골짜기의 고요
열리지 않는 가슴속
누구도 찾아낼 수 없는 비밀의 심연
오직 한 사람에게만 보이는
그 사람의 바다

하도 맑아서
색깔마저 잃어버린
가엾은 바다

류심 03
그때를 기다릴게

하루가 겹겹이 쌓이며
꿀꺽꿀꺽 머금은 시간이
발뒤꿈치부터 퇴적되어 오던 어느 날
그 사람은 나직이 혼잣말했다

수십 년이 지나서
피부가 나무껍질이 되고
얼굴
목
가슴
늘어진 뱃가죽에
주름이 나이테로 잡혀도
지금 같을 수 있겠느냐고

눈꺼풀까지 내려와 있는
겨울 햇살을 걷어내며
감은 눈으로 조용히
남자는 말했다

그때를 기다릴게

그럴 수만 있다면

시간을 잘게 머금어서라도
청춘이 만만하던
그 시절의 당신에게로
단숨에 달려가고 싶다

내 생명 모두 가져가고
단 하루라도
내 마음대로 살아볼 수만 있다면
기꺼이 당신을 위해
그리하리라

살면서 쌓여갈 애환과
뼛속까지 새겨져
고통으로 얼룩질 것 같은 미래를
희망으로 바꿔줄 수만 있다면
그럴 수만 있다면!

나의 사랑
나의 사람

아무도
그 누구도
상상하지 못할 기적을
오직 한 사람만을 위해
기어이 만들어 내고 싶다

탐라, 그 바다의 가을

그 바다에 가고 싶다

가시랭이 없는 바람이 불고
노을이 되어 일렁이는 하얀 파도가
키 높이로 피어나는 바다

구름 한 조각조차 파란 물 흠씬 두른 곳
내 사랑하는 사람을 온통 품고도
넉넉히 미소 짓는 하늘 사는 곳
보고 싶다 그 바다의 가을
자리에 들면 반짝이는 어둠
간절히 쏘아 올린 사연 바다는 알까

별들은 그 마음 타고 더 깊은 밤으로 올라
꿈마다 돋는 그리움 행복한 사랑으로 채우네

그 바다에서 살고 싶다

그리운 내 사람과 함께
같은 하늘 바라보며 아침을 열고
그윽한 커피로 만나는 바다

그 바다에서 살고 싶다

들꽃 아이 내 사랑과 함께
같은 하늘 바라보며 아침을 여는
그윽한 그 바다의 가을을

너였으면 좋겠다

빠르게 달려 집에 올라
후다닥 씻고 나왔는데도
이미 늦은 시간
그리운 공간을 채우며
네가 온다

우리 앞에 유난히 불공평한 시간
필요한 순간마다
너랑 함께 꽁꽁 묶어
티끌 흠집까지 닦아놓은 내 마음에
깊이 심어두고 싶다

불현듯 한기가 든다
눈감은 채 새벽을 더듬어
당겨 올린 이불을
턱 밑까지 바짝 덮는다

이불이 너였으면 좋겠다

모두 당신이다

비가 올 때마다
당신이 생각난다는 건
거짓말이다
비가 오면 더욱더 그리워지니까
차라리 그렇게 말하는 것이다

비가 올 때마다
하늘을 본다
무심코 올려 보기도 하고
손을 뻗어 크고 작은 방울들을
받아 보기도 한다

바람이 불어도 그렇고
구름이 나지막이 내려앉아도
저절로 생각이 난다
어쩌면 당신을 통해
세상을 다시 보는 것도 같다

내 눈 안에 있고
내 가슴에서 자라는 사람
하늘 비 바람도
흐름에 안긴 공기도
그래서 모두 당신이다

류심 08
새벽 병病

증상은 딱 하나
사무치게 파고드는 것이다

일하고 있든 깨어 있든
의식의 뇌에 조금이라도 맞닿을까 싶으면
어김없이 화르르 붙어 오른다
증상에 덕지덕지 세월이 쌓이는데도
눌리거나 약해지는 낌새도 없이
더 크게 타올라 버린다
하루도 거르지 않다 보니
친근해지기까지 해서 어처구니없다
나도 모르게
짧은 헛웃음 툭 삐져나오기라도 할라치면
뒷맛은 여운을 떨구는 벼랑이 된다

밤낮 가리지도 않고 새벽마다 도지다가
망설임 없이 잘도 무너져 내린다

시몽

류심 09

시간이 멈추면 좋겠어요

시간이 멈춰버렸으면 좋겠어요
사람의 관계에 연연하지 않고
어긋나면 어긋난 대로
틀어지면 틀어진 대로
운 좋게도 잘 맞으면 감사한 대로
그렇게 모든 세상이
정지해 버렸으면 좋겠어요
도저히 그럴 수 없다면
생각이라도 멈춰줄 수는 없을까요

눈에 보이는 공간이
그만큼 있기나 하는 걸까요
생각과 시간은 다른 존재인 건가요
편안한 대로 쉽게 생각하면
나중에 후회할 일 생기지 않을까요
어떤 것이 실체이고 진실인지
지금의 기준이 맞는 것인지
내 눈과 귀를 의심하고 싶지 않아요
그냥 시간이 멈추면 좋겠어요

어느 바다의 새벽

부드러운 커피 한 잔이
목구멍에 반쯤 내려가다
흔적도 없이 사라져 버린 날
이불을 펴며
어느 깊은 바다를
불현듯 불러낸다

언제부턴가 입맛 다시던
한 조각의 치즈 케이크도
가물거리는 환상 속의
거대한 이야기 되어
배고픈 아침에
파도처럼 솟구친다

여름에 딸려 오기로 한
묵직한 바다는
그대가 나타날 때까지
바닷속 깊은 곳에 숨어 있다가
마음이 열리는 그날을 기다려
파란 비늘을 쏘아 올리며
퍼덕퍼덕 치고 오를 생각이었나 보다

류심 11

언제나 그 안에

아무렇게나 마음을 열어도

잔뜩 찌푸려
어둡고 얄궂은 마음
우울하게 텅 빈
마음 안에도

당신

홀로 견뎌야 하는 시간

생각 간신히 눌러도
또 그리움으로 비집고 돋는

당신

이카로스의 길

하루에도
몇천 갈래씩 자라나는 그리움을
가느다란 곁가지까지 엮어
너의 마음속으로 다리 놓는다

보고픈 마음 덧대어
색색들이 얽어 놓은 매듭이
그대 떠올릴 때마다 출렁거려
부서져 먼지로 가라앉아 있던
묵은 마음들까지 들쑤셔 깨운다

그대 생각 한 번에
새길 만나고
그대 그리움 하나로
간절하게 터지며
또다시 찬란하게 부서져 내린다

하루에도
몇천 갈래로 조각나는 그리움을
차곡차곡 가지런히 쌓아 올려
너의 마음 꼭대기까지 또 길을 놓는다

류심 13

당신을 생각합니다

뭘 하고 싶었는지
어떻게 살고 싶었는지
아무것도 떠오르지 않을 때
당신을 생각합니다

사는 게 힘들고
사람이 어려워
모든 걸 놓아버리고 싶을 때도
당신이 생각납니다

진정 소중한 것은
스스로 향기를 간직한다는 것을
진정 아름다운 것은
가치를 생각하지 않는다는 것을

시간의 의미
자연이 주는 모든 것
삶이 누리는 진실들을
당신의 향기를 통해 봅니다

류심 14

그래도 기다려야지

그땐 뭐가 뭔지 몰랐어
그냥 밤이 좋았던 것만은 아닐 거야
새날을 두려워했던 건지도 모르지
뜬눈으로 새우면
하루를 번다고 생각했을지도 모르지

그 젊은 시절의 언저리
어둠이 짙어갈수록
까닭 없이 서성거리던 두려움
기다림의 의미도 모르고
막연한 슬픔에 추락하던 새벽들

숙명이라고 생각할 참이야
이제는 기다리는 의미 정도는 아니까

사람 마음이 올곧지 못한 채
빛과 어둠으로 허무하게 스러질지라도
그 정도의 고통까지
이미 예견하고 시작한 건지도 몰라
'누구'라든가 '무엇' 때문도 아냐

그저 기다려주는 게
당신을 위해 준비하는
전부일 거라는 생각 때문일 거야

시몽

누군가 내게 묻는다면

누군가 내게
가장 힘들 때
무슨 생각이 드느냐고 묻는다면
보고 싶은 한 사람이
떠오른다고 말하리라

누군가 내게
정말 화날 때
어떤 생각이 드느냐고 묻는다면
왜 하필 지금 내 곁에
그 사람이 없는 거냐고 말하리라

누군가 내게
기쁜 일이 있을 때
무슨 생각이 드느냐고 묻는다면
들꽃 아이의 미소를 가져다가
가만히 펼쳐 주리라

누군가 내게
세상에서 가장 소중한 것이
무엇이냐고 묻는다면
나는 잠깐의 망설임도 없이 말하리라
그런 어리석은 질문이 어디 있냐고

누군가 내게
왜 사느냐고 묻는다면
어느 들끓는 여름에서부터
한 사람의 편안한 마음을 위해
내 모든 것이 존재한다고 말하리라

백암白巖

- ○ **본명:** 권동기權東基
- ○ **필명:** 남휘擎輝·초농草農
- ○ **출생:** 1962년 경북 영덕
- ○ **거주:** 본향
- ○ **경력**
- - 서울·대구, 신문·문예·출판사 편집장
- - 대구, 동기출판사·월간 다복솔 발행인 및 편집인
- ○ **현재**
- - 주농야시(晝農夜詩) 中
- - 시몽시문학 발행인 및 편집인
- - 시몽시인협회 회장
- ○ **메일:** kchonong@hanmail.net

- ○ **저서**
- - 제01시집 고독한 마음에 비내리고(125편.1994)
- - 제02시집 빗물속에 흐르는 여탐꾼(125편.1996)
- - 제03시집 고뇌에 사무친 강물이여(125편.1997)
- - 제04시집 들녘위에 떠오른 그림자(125편.1998)
- - 제05시집 고향은 늘푸른 땅일레라(125편.1999)
- - 제06시집 땀방울로 맺어진 사랑아(125편.2000)
- - 제07시집 토담에 멍울진 호박넝쿨(125편.2001)
- - 제08시집 농작로에 웃음이 있다면(125편.2002)
- - 제09시집 눈물로 얼룩진 들녘에는(125편.2003)
- - 제10시집 함박꽃이 시들은 전원에(100편.2005)
- - 제11시집 산하는 무언의 메아리다(100편.2006)
- - 제12시집 그리움이 꽃피는 산천에(100편.2007)
- - 제13시집 노을빛 사랑이 피어나는(100편.2008)
- - 제14시집 이름없는 혼불의 노래여(100편.2008)
- - 제15시집 시심에 불거진 맥박소리(100편.2010)
- - 제16시집 아름다운 희망의 노래를(100편.2011)

○ 공저

숙명의 인연

다른 길을 따라
젊음을 한낱 휴지 조각처럼 버리고
고지를 침범하는 개미처럼

세월의 언덕을 넘어
헝클어진 얼굴에 고뇌로 덮여도
만날 기약은 덧없이 멀어

진달래꽃은 수없이 피고 지는
긴 어둠의 여정을 지나
정열의 아픔은 그리움으로 남아

고적한 밤하늘을 여는
별들의 몸짓에 흘러내리는 눈물은
은하수의 강으로 흘러내린다.

끝없는 방황

끝없는 방황 골칫덩어리를
훌훌 털어버리고
내 영혼의 노래를 찾아
끝없는 방황의 길을 떠나고 싶다.

농막에 촛불을 끄고
흙 묻은 농복을 벗어놓고
내 이름의 혼불을 찾아
덧없는 여로에 만신창이가 되어

허기지면 탁배기 한 모금에
모든 아픔 지워버리고
작은 소망을 쫓아
나그넷길 걷고 싶다.

휘둘리는 밤

어떨 땐
만취되도록 취하고픈 기운들이
가슴 언저리를 후려칠 때도 있다.
그때면
모든 사연을 훌훌 털어버리고
청결하지 않은 탁자에 앉아
막걸리 향기에 흠뻑 흥분되면
세상은 천국이 된다.
목구멍에 걸렸던 언변이 터지고
벌렁이던 가슴에 감추었던 칼날을
휘두르는 밤이면
고요한 별들의 난타전에 불꽃이 튀고
짐승이 발악하듯
동트오는 유리 벽을 깬다.

평화의 문

계절은 계절을 삼켜도
짐승은 짐승을 죽여도
우주의 별빛은 찬란한데

직업은 직업을 훔쳐도
사람은 사람을 조여도
만물의 꽃잎은 그윽한데

설키고 엉킨 인생의 건널목에
하나만의 고집으로 만물이 시들어
평화의 문은 언제나 닫혀 있다.

그 문이 활짝 열리는 날
지구의 분쟁은 굴뚝의 연기처럼
인생의 고뇌는 자연의 바람처럼

흔적 없이 흩어진다면
인생의 보금자리는
무릉도원인 것을.

삶의 징검다리

고집으로 이루어 놓은 삶일지라도
작은 가슴에 불붙은 듯
한 알의 잿더미로 사라진다면
그 꿈은
무너져 버린 탑으로밖에
흥겨움 속의 내면은 한낱 허상일 뿐이다.

땀으로 쌓아 놓은 삶일지라도
곳간의 양식이 비듯
한 조각의 바람으로 허물어진다면
그 삶은
시궁창에 내버려 둔 오물밖에
즐거움 속의 이상은 한낱 망상일 뿐이다.

언제나 밤이면

언제나 밤이면
처자식은 단꿈에 들고
서재의 불빛은 은은히 마을을 타고
산을 넘어, 은하수와 대동한다.

산천의 생물은 고요에 피고
가끔 문틈을 타고 들어오는 찬 공기에
콧등은 빠알간 앵두처럼
고귀한 숨소리를 자아낸다.

널따란 책상에는
동녘을 간지럽히는 동양란이
서녘을 다듬질하는 서양란이 놓여
벗처럼 마음의 등불을 애무한다.

언제나 밤이면
풀벌레 울음을 백지에 내려놓고
적막한 독백을 별빛에 녹이며
한 해의 종지부를 엮어낸다.

멍든 향수

짐승도 이웃 간의 사랑이 있는데
사람들로 어우러진 삶터에
네 거 내 거에 시달리다 보니
향기 짙은 꽃봉오리도 시들어 버린다
튼튼하던 돌다리에도 얼음으로 덮여있다.

자투리땅이라도 내놓기를 꺼리는
인심 어린 맥박은 사라지고
험상궂은 눈빛만이 사선을 넘나드는
고향 땅엔 삭막의 강물이 흐를 뿐

묶어버린 땅마다 잡초가 무성할지라도
정열을 드러내도 그 장애물은 높아만 갈 뿐
낙엽이 지면 지는 대로 그냥 그렇게
삶을 짊어지고 살아야 할 이 땅에
정겨움이 없다.

남녀노소 할 것 없이
자기 배, 채우기에 급급한 전원의 땅에는
태풍이 불어온다
단꿈이 사라진다.

인생다운 삶

정성껏 보듬은 살빛에
온몸을 사루며
태평의 꿈을 우뚝 세워
풍류의 날개깃을 펴고
내일의 번영을 심어야 한다.

미지의 길을 따라
한숨 어린 맥박일랑 씻어버리고
주름이 진실을 덮을지라도
삶의 희망을 맞이할
당찬 꿈을 키워야 한다.

먼 훗날
우주의 끝머리에 샛별이 춤추고
산천에 노오란 물감이 뿌려질 때까지
행복이 너울대는 큰 그릇에
인생다운 삶을 담아야 한다.

시몽

된서리에도 나무는 춤춘다

출렁이는 돛단배에
몸은 가눌 수 없지만
굽이쳐 가야 할 버팀목이기에
쓰라린 비련이 너울거려도
비단에 쌓인 희망은 놓을 수 없다.

된서리가 내려
굴곡으로 미끄러진 바위틈 사이
작은 용틀임으로 자란 나뭇가지마다
미지의 혼이
신바람 일으키듯 춤을 춘다.

아픔으로 몰락한
생채기의 맥박처럼
저물어 가는 길목에 재기의 꿈을 지피며
덧없이 걸어야 한다
어둠이 발길을 잡는 그 순간까지는.

계곡

산등성이를 향해
천년의 입김으로 절벽을 병풍 삼아
긴 방황의 불씨를 놓는다.

고매한 수줍음에 속탄 듯
낭떠러지에 숨어 꽃망울을 터뜨리는
자연의 빼어난 자태

말끔히 씻은 듯
신음을 토하는 우물의 저편
인생을 닮은 뿌이얀 나목의 숲들이

장화수 같은 우주의 물방울을 토하며
영글어 가는 노송에 풍경을 덧칠한다
암반에 구르는 영혼과 함께.

장마

천둥이 문풍지의 아련한 미풍 같은데
번개가 산속의 희미한 등잔불 같은데
산새들이 퍼덕인다.

무수히 익힌 섭리의 교훈을 닮아
일찌감치 보금자리를 찾아
소풍의 갈무리를 서두른다

소나기가 온다.

들꽃

한 떨기
들녘의 화초처럼
인고의 벗과 운우의 정으로 뭉친
세월의 뒤안길

사랑도
애정도 견줄 수 없는 몸이지만
산천을 보듬고, 들판을 녹이는
향기 없는 미소라도

한 생명
불모지에 뒹구는
그들의 소박한 몸짓은
장미꽃보다 향기롭다.

고목

찬 서리에도
비바람에도

굳건히 버티어 온 세월 앞에
또 다른 빙판에 숨통이 막혀도

싹을 틔워
꽃을 피워

눈물의 삶을 곱씹으며
역사의 불꽃을 지핀다.

산山

벌거벗은 몸뚱어리
검불로 감추고

흩뿌려진 잔솔가지에
추억의 상처 묻으며

세월의 굴레에 부푼 응어리마다
미풍 불어 흔적 삭히니

하늘은 천사의 신음 토하며
숲속의 요정을 꿈꾼다.

백암 15
강江

우주를 신고
지구를 따라
무정의 역사를 보채며

환희의 물결을 일으켜
조약돌을 비빈
님의 몸매는

곡선을 따라
선율을 따라
대자연을 아우르며

흥분에 고갈된 지푸라기에도
정서에 맺혀진 속 빈 강정에도
아무런 항변 없이 흘러간다.

서아 書娥

- **본명:** 서현숙徐賢淑
- **출생:** 1955년 경북 영주
- **거주:** 경기 고양
- **학력:** 동국대학교 아동학(문학사) 학위

○ **경력**
- ㈜창작문학예술인협의회 문학세계 詩 '꽃의 넋' 외 2편 등단
- 대한문인협회 금주의 詩
  '어머니' 선정(2011년 5월)
  '사랑의 결실' 선정(2021년 5월)
- ㈜창작문학예술인협의회 전국 시인대회 (2012년 10월)
  '제30회 런던 올림픽'의 詩 (장려상 수상)
- ㈜창작문학예술인협의회 (대한문인협회)
- 이달의 시인으로 선정
  '가장 아름다운 모습'의 詩 외 1편(2012년 12월)
  '가을바람'의 詩 외 1편 (2021년 9월)
- ㈜창작문학예술인협의회
  '한국문학발전상' 수상 (2012년 12월)
- ㈜창작문학예술인협의회
  '창작문학예술인금상' 수상 (2013년 12월)

○ **현재**
- ㈜창작문학예술인협의회 정회원
- ㈜창작문학예술인협의회 운영위원장 역임
- 대한문인협회 경기지회 정회원
- 시몽시인협회 부회장

○ 저서
- 제1시집 들향기 피면(2013)
- 제2시집 오월은 간다(2021)

○ 공저
- 대한문학세계(2011년 여름호) 詩 '꽃의 넋' 외 3편
- 대한문학세계(2011년 가을호) '코스모스' 외 1편
- 대한문학세계(2012년 봄호) '아침 이슬'
- 대한문학세계(2012년 여름호) '향기 되어 날아'
- 대한문학세계(2012년 가을호) '제30회 런던 올림픽'
- 대한문학세계(2021년 여름호) '사랑의 결실'
- 대한문학세계(2021년 가을호) '가을바람' 외 1편
- "名人名詩" "특선시인선"(2011년 12월) '기다리는 마음' 외 9편
- 월간 한비문학(2012년 11월호) '부부(夫婦)' 외 1편
- 월간 한비문학(2012년 12월호) '억새의 사랑' 외 3편
- 시인과 사색 10집(2012년 12월) '가을비 내리는 밤' 외 9편
- 제7집 시몽시문학 '산딸기' 외 6편(2011.9)
- 제8집 시몽시문학 '안개비' 외 6편(2012.3)
- 제9집 시몽시문학 '채송화' 외 6편(2012.9)
- 제10집 시몽시문학 '백합 향기' 외 6편(2013.3)
- 제11집 시몽시문학 '천혜의 공간' 외 6편(2013.9)
- 제15집 시몽시문학 '은혜의 날' 외 9편(2018.6)
- 제17집 시몽시문학 '어머니의 밥상' 외 14편(2020.12)

겨울나무

초겨울 나뭇가지
애처로이 매달린 이파리 하나

단풍 물들어
좋은 시절 그립지만
부는 바람 애절하게 보인다

이파리들 버리고
혹독한 겨울나무
눈보라 맞으며 고초 겪은 후

봄이 오면은
그윽한 향기 풍기는
예쁜 꽃 사방에 피어난다.

자연환경

계곡물은
기암절벽에서 흘러나와

돌과 모래
하수로 내려갈수록
물을 정화 시키고

물고기가
풍부한 동강은
온갖 생명 품으며

개여울도
깊은 산 돌고 돌아
굽이굽이 흐르고

동강 물줄기
구불구불한 자연환경 만든다.

원수 갚는 방법

살다 보면
피해 상처 아픔을 주고
힘들게 하는 사람

어쩔 수 없이 만나고
대해야 할 때

앙갚음과 저주를 하고
원수 갚으려니
마음의 평화 잃어버리고

기쁨 행복도 뺏기게 되니
억누를 수 없는 마음
고통스러워도

목마르고 배고프면
그에게 먹이고
악을 선으로 갚으며

사랑으로 잘 대해 주고
그가 깨닫게
되길 간절히 바란다.

작은 섬

섬으로 오는 길
고깃배 가득
풍요로우므로
마을은 흥청거리고

작은 섬 욕심났는지
일본은 빼앗고
우리는 수모 당한

지나온 삶 헛되지 않아
아버지의 바다
아들이 지키고

허리 휘도록
일만 하고 살았던
고단한 삶의 파도 밀려온다.

서아 05
이별의 아픔

그토록 사랑하던
당신 떠나며
물 흐르듯 세월 가고

잊을 수 없어
가슴 태운 숱한 나날

그리운 마음
애타는 사랑
바람에 실어 보내도

쓰라린 이별의 아픔
깊은 상처로 남고

휑한 마음
먼 하늘 바라보며
그리운 마음 눈물이다.

대나무 숲

사람의 발길
한 번 닿지 않은 듯
울창한 대나무

가꾸고 보존하는
넉넉한 마음 느끼게 하는 촌로

오래된 고택
숲과 함께 살아온
기나긴 세월의 흔적 말해 주듯

겸허한 마음
숲과 산 경영했으니
피톤치드 우거진 숲을 본다.

모든 것 다 때가 있다

솔로몬 왕은
가장 큰 부귀영화 누렸음에도

하나님이 함께하지 않으면
인생 모든 일 헛되고 공허하다

반드시 기한이 있고
모든 것 다 때가 있다

태어나고 죽을 때
웃고 울 때
잃은 것을 찾을 때

사랑과 미움 기쁨 슬픔
아픔 즐거움 쓰라림이 있듯

인생은 할 수 없고
하나님의 시간
천 년을 하루같이
천지 만물을 창조하셨다.

딱따구리 새

숲속에 푸른 생명
오색딱따구리
둥지 안 새끼 키우고

먹이 물어다 주는
끝도 없이 깊고 무한한 사랑

새끼 새 어미 닮아
하루가 다르게 자라
둥지 떠날 날 멀지 않으리라

짙은 녹음
자줏빛 작살나무
초여름 신비를 더한다.

호박꽃 사랑

울타리 따라
푸른 새순
하루가 다르게 자라
넝쿨을 이루더니

함지박 같은
넉넉한 웃음으로
노랗게 피어 벌을 부르고

벌은 좋아라, 윙윙
꽃 속으로 윙윙
제집을 드나들듯 분주하구나.

우중의 추억

바위에서 흐르는
오묘한 자연 맑은 물소리
손때, 묻지 않고
청정 그대로의 산

비 오는 날
우산을 받쳐 주고
어깨 감싸 안으며

사랑 나누던
애틋한 그 길에
임은 가고 없어도

추억에 젖어
비가 내리는 날
가끔 그리움으로 걷고

마음에 그리는
우중의 추억이어라.

서아 11
허기진 갈증

빈들의 풀
은혜로 내리는 비
싱싱하게 일어나

햇살 방긋
바람은 흔들어도
줄기 곧게 세운다

내 안에는
끝없이 채워도
채워지지 않을
그 무엇이 있었는데

지독한 목마름
허기진 갈증인데
사랑으로 허물 덮고

용서로 화해
채움은 비우고
그러므로 해갈된다.

행운을 찾아

바람길 따라
한들한들
클로버꽃 춤추고

네 잎 찾으려고
짓밟고 지나는
세 잎은 행복이다

행복이 곁에 있는데
행운을 찾으려
멀리 바라보다

가장 소중한 것을
놓치고 마는
어리석음을 본다.

시몽

서아 13

낙타의 삶

낙타는
하루를 시작하고
마무리할 때
주인 앞에 무릎 꿇는다

일이 시작되면
조아려
등에 짐이 올려지길 바라고

일이 끝나면 굽혀
그 짐이 내려지길 기다린다

주인은 낙타의 사정 잘 알고
짊어질 수 있을 만큼
얹혀주니

낙타는
주인의 정성 싣고
마다치 않는 겸손한 자세

목적지까지
순종의 꿈 실어 나른다.

내 곁에 없는 그대

만날 수 없어
가슴 아리는
그리움으로 살아갈 때

삶은
쓸쓸하고 힘들어
우울하고

메마른 가슴에
촉촉한 이슬 같은
사랑으로

외로움 달래 주던
그리운 그대

내 삶의 한 자락
행복한 웃음 주던

내 곁에 없는
그대는 늘 그리움이다.

여행

주부의 일상
밥하고 빨래
청소하고 치우는 일

지긋지긋한 일상
벗어나고 싶어
가끔 여행을 떠난다

지금도
지구촌 여행지에는
잊지 못할 추억 영글고

주제가 있고
낭만이 살아 숨 쉬는
아름다운 리조트에서

아침에 눈뜨면
끝없이 펼쳐지는
수평선 바라보며

뱃고동 소리 들리고
조각구름 두둥실 떠 가는
조용한 산책로 그런 곳으로 가자.

송아 松也

○ **본명:** 김효정金孝貞
○ **출생:** 1962년 경기 여주
○ **거주:** 경기 이천
○ **현재:** 시몽시인협회 밴드 위원장

○ **공저**
- 제15집 시몽시문학 '하늘' 외 09편(2018.06)
- 제16집 시몽시문학 '심장' 외 09편(2019.11)
- 제17집 시몽시문학 '터널' 외 14편(2020.12)

행복한 사람 1

저 너머 보이는
새벽녘 무지개 위로
미소 짓는 해님

비틀어진 나뭇가지 닮은 몸에도
행복한 물이 차오르니
너풀거리듯 미소로 화답하고

시련 뒤의 성취와 함께
갈아도 날 서지 않는 명검도
순금같이 단단해 지리라 믿으며

시간 속에 삶의 의미로 불어넣어
존중받는 사람이 되고

긍정의 마음으로
설레는 하루를 기도하며

만상을 무시하지 않고
하찮은 흩소리에도
흘려듣지 않는 마음으로

사랑을 주고받을 줄 아는
그 마음이 천국 같도다

행복한 사람 2

하루를 소중히 생각하며
감사하는 마음으로

어떠한 형편이든
주어진 삶을 이겨내는

후회도 미련도 없이
자유로운 인생을 즐기며

유머와 적당한 무관심으로
관계를 그리며

언제나 주위를 보듬으며
예쁜 마음 품고 사는

그 사람

행복한 사람 3

미소로 인사하는 하늘엔
초승달 위에 별 두 개

한 발 내딛으므로
손잡고 안아주는 고마움

굽이굽이 능선 뒤엔
해님이 아름다워
온 세상 밝혀주고

힘차게 외치는 소리에
열정을 담고

조각조각의 사랑을
쏟아붓는 오늘도

편중되지 않는 마음의 눈으로
당신을 바라보는 감사함에
나의 모자람을 채워주네

시몽

송야 04
행복한 사람 4

자연을 닮고 싶어
눈 감으니

계곡의 흐르는 물속에
예쁜 돌들이 반짝이고

티끌 없이
맑고 청아한 미소도
꽃으로 피어나

만고에 변함없는 향기가
즐거움으로 다가오니

달빛 속에
그리운 사람 떠오르네

행복한 사람 5

미덕 그 자체라며
내게 손짓하며 다가오는
너

얼어붙은 서러움에도
봄이 다가오듯
희망의 마음으로 기도하고

가끔은 비가 내릴 때도
무지개를 떠올리며 꽃을 보듯
아름다움으로 미소 지으며

자연을 벗 삼고
발자취에 고운 색칠하며
남겨지는

어여쁜 선율에 얽힌
내 삶의 노래만큼은
오늘도 족하리라

행복한 사람 6

눈 뜨면 입 맞추리라
기도로 시작하고
감사함으로 고개 숙이리라

만나는 사람마다
미소로 인사하고
덕담으로 차 한 잔 나누리라

슬픈 자는 위로하며
기쁜 자에겐 손뼉 쳐 주며

인연의 풍요로움 속에서
겸손과 사랑을 배우리라

행복한 사람 7

사랑으로 태어나서
정으로 자라니

무릎 꿇고 기도하는 두 손엔
황금열쇠 꿈꿔보고

푸른 하늘을 향해
나르는 한 마리 새를 보며
까르르 소녀처럼 맑은 미소 지으며

어느새 중년의 길 따라
태양 아래 두 팔 벌려 서성이며

깨달음에 도달할 때까지
또다시 꿈을 향해 달려가련다.

행복한 사람 8

무심코 하늘을 바라보며
감사하다고 생각하고

아름다운 세상을 향해
놀라운 비밀을 깨달으며

풍랑 속에서 두려워하지 않고
영혼의 소중함을 포용하며

그런 사람이 행복하다는 것을
이제야 알 것도 같다

송야 09
세상의 소리

아름답다고 소곤대며
황홀한 노을까지 안아보라
속삭인다

나를 채워주려고
쏟아붓는 행복의 시간이
소중하다

존재 속에
가르침을 주는
소유물에 감사하며

오늘도
그리움을 담으며
하루를 품는다

시몽

송야 10

새 식구

맑은 하늘
푸르른 녹음처럼

보기 좋은 꽃
사랑의 향기처럼

비바람 분다 해도
행복만은 흔들리지 않도록

아름다운 그림으로
끝없이 그려나갈 수 있도록

손에 손잡고
힘차게 미래를 향해
달려보자

송야 11
향연들의 연기

민족의 이 땅에
조상의 얼 되새기니

꽃들의 아름다움이
눈과 마음 물들이며

물속엔 숭어 떼 마실 다니고
땅 위엔 분수 쇼가 한창일 때

지나온 역사를 통해
개벽의 넋 솟아나네

송아 12

위로

메마른 길 따라
걸어가니 협곡이구나

피고 지는 꽃잎도
눈물을 흩뿌렸을 텐데

아름다운 세상을 바라는
애끓는 기도로 호소하는 넋두리에

에메랄드색을 띤 바닷속이
놀랍도록 빛나는구나.

송아 13

장마

평펑 쏟아내는 눈물이
끝 보이지 않고

무엇이 그리 서러운지
목 놓아 통곡하더니

품고 있는 한이
좀처럼 수그러들지 않더니

어느새 빙그레 웃는 모습에
나도 따라 웃는다

송아 14

바람

잔잔하게 부는 바람
휘몰아치며 부는 바람
모두가 지나가는 것

잡을 수 없기에
바라보며 느끼는
하늘 위에 조각구름 흘러가고

보기 좋은 사람도
태풍 앞에 선
구부러진 나무처럼

한바탕 춤춰 보듯
인생의 노랫가락 흥얼거리며
자연스럽게 지나가는 것

양은 냄비

번뇌가
라면을 끓이는 것과 같이
나의 근성이 되길 바라고

돕는 역할로만
네게 웃어줄 수 있다면
냄비라도 좋고

끓는 물에 면발이 쫀득거리듯이
장점으로만 서로에게
희망이 되어보고

그 특성만을 살려서
기억하고 살아감에 있어
집안의 행복을 쌓기를

오늘도
애틋한 기도로
마음을 모은다

아정雅貞

- ○ **본명:** 유연옥柳延玉
- ○ **출생:** 1962년 서울 동작
- ○ **거주:** 경기 오산
- ○ **현재:** 시몽시인협회 회원

- ○ **공저**
- 제17집 시몽시문학 '하얀 나비' 외 14편(2020.12)

하얀 그리움

하얀 그리움을
가슴에 묻어가며

조심스럽게 살아온 날들
걸어가는 수많은 날을 생각하며

조용한 카페에 앉아
당신과 차 한잔 나누고 싶다

함께 나눌 수 있는
하얀 그리움이 그대였으면

더욱 좋으련만.

아정 02

느티나무 사랑

너에게 기대고 싶었어
너에게 기대어 파란 하늘을 보고 싶었지
무더운 어느 날
시원한 그늘이 되어준 그대
너무도 편안함을 느낀다

당신의 그늘 안에는
많은 이야기가 살아 숨 쉬지
쉴 새 없는 종알거림도
넓은 가슴 안에서는
맑은 새소리가 되는 느낌이 들었어

고맙고, 감사해
든든한 친구가 되어줘서
그리워 몸살 나는 열정적 사랑이 아닌
초록빛 설렘으로 오래도록
간직하고 싶은 느티나무 사랑
고마워 그리고 사랑해

아정 03
여름

화창한 봄이 슬그머니
흐르는 시간 속에 사라진다
활화산처럼 타오르는
뜨거운 태양이 내리면
신나는 여름이 온다

바다는 부른다
우리들을…

광활하게 펼쳐진 푸른 바다
은빛으로 펼쳐진 모래사장
우리는 푸른 바다로 떠난다

푸른 바닷속에 첨벙첨벙
몸을 내맡긴 채 잠시
대자연과 한 몸이 된다
여름은 우리들을 푸른 바다로
초대하는 거대한 파티 장소다

시몽

아정 04

봄비

봄을 재촉하는 비가
어제 저녁부터
후두둑 후두둑
양철 지붕을 때린다

아침 공기는 스산하고
물안개는 자욱하게
온 동네를 휘감으며
그리운 님을 볼 수 없게 만든다

오늘 같은 날
따스한 커피향기에 취해
음악을 들으며
창밖을 바라보아요

비에 젖은 대지 위에
따뜻한 햇볕이 내리어
파릇파릇 새싹이 고개를 내밀면

풀꽃 향기와 함께
어느새
그리운 임도
내 앞에 와 있네

사랑과 그리움

오늘 하루해는 저물어 간다
이렇듯 보내는 나의 삶
그대 향한 내 마음 잊을 날이 없구나
내 가슴에 그리운 강물 되어 흐른다

오늘도 어둠 속에 방황하는 나는
그대 있는 곳으로 새가 되고 바람 되어
훨~훨 날아가고

봄날 꽃처럼 따스한 마음
한 아름 안고 바람처럼 허공을 날아다닌다

봄 향기 봄의 꽃길 열리기 전
그대 따스한 품에 안기어
내 마음에 겹겹이 쌓인 그리움 하나

따스한 봄의 햇살 되어
그대 마음의 향기에
한잔의 차가 되고 술이 되어 달래 본다

그리움과 만남의 소중함으로
그대 그리워하고 사랑하는 마음
몸부림으로 말하고 있다

기억 속의 습작

기억 속의 추억이
봄바람을 타고 와서 부딪치고
고운 햇살이 비추어
온몸을 감싸주고
어두움이 다가와
내 마음을 가두어 버린다

어떻게 사랑을 해야 하는지
인간의 본능으로 느끼는 것처럼
누군가를 그리워 애타는 마음도
언제나 예고 없이 찾아왔다가
연기처럼 흩어져 사라져 버린다

하지만 살아가다 보면
슬픔이나, 아픔이나 고통만이
존재하는 것이 아니듯
누군가를 그리워하는 마음도
누군가를 사랑하는 마음도
언제까지나 아프지만은 않고

아름다운 만남과 인연으로
그대와 나의 사랑은
따스하고 진실한 사랑의 꽃으로
곱게 피어나길 바라는 마음이다

봄이 오는 길목

봄을 재촉하는 비가
보슬보슬 소리도 없이 내린다

촉촉이 젖은 대지는
따스한 햇볕을 받으며
땅속의 생명을 깨운다

꿈틀거리며 대지를 뚫고
살포시 고개를 내민다

새싹들은 파릇파릇
생명력이 살아나 기지개를 켜며
보일 듯 말 듯 수줍은 미소로
따사로운 햇살을 받으며
봄의 문턱을 두드린다

파릇한 새싹은 수줍은 미소로
고개를 살포시 내밀며
고운 미소로 봄이 옴을 알린다

못난 내 모습

쉬이 던지는 말 한마디에도
가슴에 젖어 들어 아파하는
못난 내 모습

환하게 웃는 얼굴 위에
천번 만번 그늘진
슬픈 내 눈빛

껄껄껄 소리를 내 크게 웃는
모습 뒤에 소리죽여 흐느끼는
통곡의 울음소리

뒤돌아서서 걷는 걸음 위로
삶의 회한이 슬픈 그림자 되어
자욱한 안개꽃을 피우게 하니

이런 못난 내 모습이
한없이 싫은 까닭이다

아정 09
추억

노을이 비추는 바닷가에
옛 추억이 생각난다
친구들과 노닐던 옛 추억
문득문득 떠오를 때면

활활 타오르던 모닥불
풀벌레 소리
철석 철썩 파도 소리
바닷가를 거닐던 친구

모든 일이 나의 뇌리를
스치고 지나간다
지금의 나의 모습은
옛날의 나의 모습을
상상하고 그리워하게 한다

과거로
미래로
시간 여행을 위한
우리만의 세상 속으로

아정 10
고요한 가을밤

고요한 가을밤
하늘을 올려다본다
총총히 떠 있는 별을 보는 것은
그대의 빛나는 눈을 바라보는 것이다

그대의 호수 같은 고요한 눈에
아름답게 박혀 점점 깊이
깊이 빠져들어 가라앉는다

햇살처럼 빛을 내는 그대의
순수한 마음에 사랑을 심어
영원토록 그대의 주인이 되고 싶다

이쁜 꽃잎에 고운 사연 담아
이쁜 꽃잎에 아름다운 사랑 담아
그대 가슴에 전하고 싶다

나 항상 그대를 향한
사랑이 가득하다고

겨울 무지개 사랑

우리 서로 마음의
무지개 사랑을 그리며

그대와 나의
마음을 이어주고
사랑을 이어주는
무지개 사랑

무지개는 비 온 뒤
눈이 부시도록 비추어
깨끗함을 청결함을
우리에게 보여주고

우리만의
무지개를 가져 보고

우리만의 무지개 사랑을
아름답게 그려 보아요

아정 12

움직이는 생명

비가 올 것 같은 흐린 하늘
희뿌연 먹구름이 이리저리
비구름을 만들며 떠다닌다

세상은 생명력으로 가득 차
흘러넘치는가 보다
현대인들의 가슴에
기쁨과 슬픔 그리고 사랑이 숨어
따뜻한 바람을 마음에 불어넣어 준다

비가 내리면 그 빗속에
우리들의 애환이 담겨져
다시 온 대지에 스며든다

광활하고 넓은 파아란 바닷속에
수많은 연인의 사랑을 담고
수많은 사람의 애환이 담겨져
숨을 쉬고 있을 테고

자유롭게 하늘을 나는 새나
자유롭게 하늘을 나는 나비 되어
공허한 마음 달래려
마음을 비우고 감미로운 멜로디에
몸과 마음을 실어본다

아침에 눈을 뜨면
내가 살아있음에 감사하고
하루를 시작으로 감사의 기도를 드린다

아정 13

그리움

닿을 수 없는 먼 곳에 있지만

내 눈 속에 담을 수 없는 모습
내 마음에 담을 수 없는 그리움

언젠가는 내 힘이 다해
그대와 내가 서로 밀어주고
이끌어줄 수 없다 해도

우리의 영혼이 따로따로
흐트러지지 않게 처음 마음처럼

그대를 기억하고
그대에게 사랑을 드리리다

아정 14

매미 울음소리

아파트 사이사이로
내리쬐는 강렬한 햇볕
아침 공기는 선풍기 바람에 섞여
조금은 시원함을 안겨준다

작은 공원의 나무들은
매미의 쉼터가 되어주고
작은 공원의 예쁜 꽃들은
나비의 쉼터가 되었고

매미 울음소리 음악 삼아
배 깔고 책 속의 세상 속으로 빠져
한여름을 알리는 정겨운 매미 소리가
복잡한 도시를 떠나 숲속에 온 듯

마음과 머릿속을 맑게 정화해 주며
매미 울음소리에 나도 모르게
스르르 스르르 잠이 쏟아진다

시몽

아정 15

이팝나무 향기

거리마다 향기가 가득가득
차창 밖으로 스치는 풍경
여기저기 들꽃들이 활짝 피었네

가로수엔 하얗게 눈이 온 듯
향기 품은 하얀 꽃들이 탐스럽게 피었네

차창을 열어 바람을 맞으니
이팝나무 꽃향기가 가득하네

거리마다 이팝나무 하얀 꽃들이
바람에 흩날리며 꽃향기 가득한
하얀 꽃가루가 내려와 내 머리를
하얗게 물들여주네

죽장竹杖

○ **본명:** 장병오張炳午
○ **출생:** 1962년 광주 남구
○ **거주:** 경기 의정부
○ **현재:** 시몽시인협회 홍보위원장
○ **메일:** 280635@hanmail.net

○ **공저**
- 제16집 시몽시문학 '개망초' 외 09편(2019. 11.)
- 제17집 시몽시문학 '붕어빵' 외 14편(2020.12.)

죽장 01
감사와 행복

왼 종일 일터에서 지친 몸
힘없이 집으로 향할 때
집 언저리 골목 어귀에서
풍겨오는 구수한 냄새

장작 구이 통닭 한 마리
어느새 내 손에 들려 있네

가족들과 오가는 정겨운 대화
웃음과 사랑 가득한 분위기로
양념 된 통닭 한 마리에

감사와 행복이 넘쳐나네

죽장 02
파도

수평선 넘어
저~멀리에서
새카맣고
덩치가 큰 괴물이
해안가 등대를 향해
몰려온다.

울렁거리던 괴물은
방파제에 부딪히며
산산이 부서져
하얀색 물방울들로
부서져 버린다.

그러기를 반복하던
괴물은 어느새
또 잠잠해진다.

바람

피워도 안 되고
맞으면 짜증 나고
들면 버려야 하는
요상한 놈

형체도 없고 냄새도 없는데
반려자들은
어찌 그리 잘도 알아내실까

따스한 봄날
피부를 간질거리며
불어주는 포근한 놈

여름에 큰 힘으로
비를 델꼬 오는 못된 놈
한겨울 매서운 추위를
델꼬 오는 괘씸한 놈

피우지도 들지도 맞지도
않을 테니
포근하고 따스하게
우리 곁에 다가오렴

죽장 04

기다리는 봄

모두가 기다리나 보다
하루빨리 봄이 오기를

나뭇가지에 가녀린 꽃 순도
빼꼼 고개를 내밀고

척박한 산속 나뭇잎 사이에서
새싹들도
빼꼼 고개를 내밀고

포근한 날 따스한 햇볕도
한들한들 바람도
포근함을 안고
기다리나 보다

모두가 원하는 포근하고
보드라운 봄을
이 세상 모두가
기다리나 보다

세상의 봄이 오듯
우리의 마음속에도
포근하고 활짝 핀 봄이 오면
참 좋겠다.

죽장 05
나는 무엇을 줄 수 있는가

여름내 땡볕에서 자란 들깨는
햇볕에 몸 말리어
거꾸로 붙들려 몽둥이로
후려 맞으며 알갱이를 토악질해
고소한 기름을 주고

논두렁 구석에서 자라난 콩들은
도리깨로 후려 맞고
내놓은 알갱이로 두부며
콩나물을 주는구나

어디 그뿐이랴
마당을 거닐며 땅을 후벼 파던
닭들도 맛난 알을 주고
죽어선 고기를 주고

산비탈 자갈밭에
쟁기를 끌며
농사를 돕던 소는
아들놈 대학 학자금으로 팔려 가
돈이 되어 주며

죽어선 머리부터 꼬리까지
가진 그것 몽땅 다
우리에게 고기로 주는데

만물의 영장이라 자랑질만 한 나는
누구에게 무엇을 줄 것인지
무엇을 얼마만큼 줄 수 있는지
빈털터리 신세이니

오호라 통재라
이 일을 어찌하랴

죽장 06

산모山母

덩치가 큰 산모는
추운 겨울 동안
푸르른 새싹과
약초 뿌리들을
보듬어 안고
거센 찬바람과
눈보라를 맞으며
긴 겨울날을 보낸다.

따스한 바람이 불고
눈이 비로 바뀌어 내리면
품어 안고 지냈던
여리디여린
새싹들을
돌 틈 사이 나뭇잎 사이로
새 생명을 탄생시킨다.

죽장 07

오월이 오는 소리

우르릉 쾅쾅
천둥 천둥소리도
아니요

덜컹덜컹 삐걱삐걱
달구지 구르는 소리도
아니네

그저 아무런 소리 없이
따스함으로
포근함으로
우리에게 살포시 다가오네

달콤한 아카시아 향내와
노오란 송홧가루 날리며
오월은 우리에게
다가서고 있네

나 어릴 적에 울 엄마는

나 어릴 적에
울 엄마는
커다란 대나무 바구니에
질까 심(열무) 다발
포기 포기에 담아
행여나 시들세라 물 적시어
머리에 이고서 십 리 길을 걸어
남광주시장에 이르시네.

시장 모퉁이에
자리하고 앉아
호객행위도 못 하시는
부끄러움 가득하신 울 엄니

그래도 어찌어찌
다 파셨는지
집으로 되돌아오는 대나무 바구니엔
막내아들 몫이라고
노란 봉투에 먹을거리
잊지 않고 담아 오시던
울 엄마

이제는 세월의 덫에 걸려
대나무 바구니는커녕
작은 바가지 한 개 들기도
버거워 하시는 울 엄마

어버이날이라고
가슴에 꽃 달아드린들
그 정성 그 사랑에
보답이 될까마는
내 진정 마음 다해
감사하단 내 마음 전해 드리네.

혼밥 혼술

열두 첩 산해진미
상다리 휘어지는
맛있는 진수성찬일지라도
나 홀로 먹는 혼밥은
맛이 없고

고급스러운 안주에다
향기로운 담금주도
나 홀로 마신 혼술은
쉬이 취해 버리네

사랑과 정성과
기쁨과 대화와
웃음이 없이는
제아무리 좋다 한들
무용지물 헛것일세

죽장 10
저녁연기

나 어릴 적에
뛰어놀던 산등성이에서
시간 가는 줄 모르고 놀다 보면
어느새 해가 지고 어둠이 내려올 즈음에
마을 초가집 굴뚝에선 하얀 연기
모락모락 피어오른다

굴뚝 위로 오르는 연기는
어둠과 조용히 섞여가는 초저녁.

저녁때가 되는 줄 모르고
놀이에 빠져 있을 때
울 엄마 들어와 저녁 먹으라는
부르심이 저녁 하늘을 울린다

뚜렷한 시간관념도 없던 그 시절
초가집 지붕 사이로 맴도는 하얀 연기가
저녁 시간을 알리는 시계와도 같았던 그 시절이
아득히 그리워진다.

그리움

기다림이 꽃이 되고
꽃이 된 기다림은
그리움이 되었네.

먼 발자취
아련한 기억 속에
자리한 당신은
오랜 기다림으로
청아한 산들바람이 되어
내 볼을 스치네.

오매불망 님을 그리던
그 그리움도
노란 호박꽃이
떨어지면
내게서 멀어지려나

죽장 12

초록 낙엽

나뭇가지에 매달려 초록을 뽐내던
초록빛 고운 예쁜 나뭇잎
세찬 비바람에
가지에서 떨어져
허공을 맴돌더니

가을이 그리워서일까
다시 가지에 붙어보려
바람의 도움을 받아
허공을 맴돌다
힘없이 땅바닥에 주저앉네

갈색 잎으로
가을바람에 떨어지면
사랑과 낭만으로 기억되련만
때 이른 가지와의 이별이
서글퍼 빗방울에 눈물 삼키네

가을에게 바람

구름 한 점 없이
높고 높은 하늘

고추잠자리 마당 한가운데 맴돌다
빨랫줄에 걸터앉아
쉬어 노는 평온한 날

시원한 바람에
갈색낙엽 휘날리며
나뒹구는 기분이 좋은 가을날

이런 날들이
진정한 가을날이건만

가을장마네
가을 태풍이네
코로나 19로 거리 두기 장기화네 하는
달갑지 않은 소리가
매스컴을 장식하는
구월 어느 한 날

가을아

올가을엔 제발
예전의 아름답던
추억거리 가득하던
네 모습을 보여주렴

죽장 14
낙엽 한 잎

봄 여름
푸른색으로 나무에 붙어
함께하더니

찬 바람 부는
시월 어느 한 날 새벽에
검붉은 색으로 물들어
도로 옆 인도에서 외로이
흩날리는 나뭇잎 한 장

벌레에 물려 잘리웠나
세찬 바람에 부대끼어
못 견디고 떨어졌나

외로움에 지친 모습
처량하고 애처롭네

시몽

죽장 15

건설 현장 신호수

빨간 모자 빨간 조끼
신호봉을 준비하고
덤프트럭 안전하게
도우미가 되어 줘야
하는 것이 신호수네

민간차량 정차시켜
덤프트럭 내보낼 때
십 초여 유 못 기다려
쌍소리에 갖은 욕설

내지르고 가는 놈아
불쌍토다 네놈 인생
아침부터 쌍소리를
듣는 나도 맘 편하지

아니하네 십초 여유
없이 사는 불쌍한 놈
촌음 없이 과속 추월
하시어서 저승길도

그리 빨리 가시기를
간절하게 소리를 치려
되뇌고 빌고 빌어
바라보네

천안 泉安

○ **본명:** 김영진金永晋
○ **출생:** 1962년 전남 목포
○ **거주:** 충남 천안
○ **현재:** 시몽시인협회 사무위원장

○ **공저**
- 제15집 시몽시문학 '사람' 외 09편(2018. 06.)
- 제16집 시몽시문학 '얼굴' 외 09편(2019. 11.)
- 제17집 시몽시문학 '풍장' 외 14편(2020.12.)

무정하지 않은 어제

소리 눌러앉은 이
못한 말 띠배에 실어 보내지만

푸른 강은
그냥 흘러가고 만다.

몸보다 큰 연락선에
얼굴 크게 그려 보이면

힘센 강물에
지워지면서 밀려만 간다

아무 폭포수의 흰 꽃 되고 싶어
부끄럼 숨겨 떠내려가나 보다.

천안 02
살길

누군 있는 그리움
누구는 없지

온 봄은 겨울로
가고

바이러스도
자기 사는 대로 흐르는데

자잘한 욕심이 내는 소리
투명하게 웅얼거려
시대 양심 알려 봤더라

밥 대신 바닷물 삼켜
창자에 겁을 집어넣는다.

철부지인 이유

옛사람 그리우면
철들기 시작이라지

옆 사람이 그리워
당당 멀었네만

철들자 망령이라는
무서운 말 귓전에 맴돌면

다행일까도 싶어
모른 척 시부렁거리네

천안 04

아내의 손

도시가스 불꽃을 헤집는
붉은 주걱 같은 두 손을 본다.

이찬 삼찬 단무지 많이 하는 소리
긴박하지만

가까스로 주방 턱 넘어가는
달팽이관만 흔들려 운다.

신라에서 은금동까지 왔으니

다시 천년을 구르기 위해
이 하루도 피멍투성이 돌
반그늘에 앉아 있다.

걸림돌이 평생의 과정에서 그
막다른 절정의 장애를
쥐도 새도 모르게 만지작만지작한다.

서라벌에서 어제까지 딱지 진 먼지
녹일 값으로 소가 알 낳을 곤욕 치러도
공손히 치를 테다
그것이 생성 없는 소멸의 정찰가라면

구더기 끓는 무릎이라도 퍼 와
끓리고 치르고야 말 테다.

시몽

던다

이빨이 하는 대로 따라 한 등뼈가
바싹 여윈 사랑은 구걸이래서

무참한 일을 한 쇠망치가
한 방의 침으로
뼛골 뚫고 온대서

아름다움 먹고 쟁여 놓은
암 덩어리 한 주먹씩 덜어낸다.

그런다
그런다.

붉게 흘러 뜨건 핏줄

저리 환한 아침이 있는 한낮
에 갇힌 어린아이

양손 가득 퍼 온 눈물에 핀
웃음꽃 들고
믿음 있는 우산 아래 모여

여기서 조잘
저기서 재잘

토씨 하나가 살린 옛말도
꽃잎으로 피네요.

어제를 부르며 떠는 손등
다독이는 웃음이 따뜻하네요.

천안 08

웃다 우는 울다 웃는 늘이

한중망이 어쩌고
망중한은 어쩐다는

가는 나뭇가지에 걸쳐
꼴사나운 흰 베짱이의 노래

녹이 먹은 쇠스랑 되어
개미의 땅 파헤치는데

몸보다 긴 더듬이 느릿느릿
처연한 개미를 알아채
탈바꿈 줄기 되길 빌라치면

에헤헤
에헤헤

귀울음보다 더 오래
깊이 찌른다.

하는 일 끝없다

둥글다는 지구가 도는 걸
나는 안 봤지만

다들 그렇게 잘 아는
그런 거

개똥 보듯 하면서
그럭저럭 산다.

우주 모양이 둥근지
오각형인지 모른다.

혹시 죽어서 본대도
어디 써먹기나 하겠나

심심해서 할 짓은
이렇게 헤아릴 수 없다.

시몽

천안 10

하얘도 너무 하얀

저렇게
느긋한 짙푸름이

이렇게
물 사태로 몰아쳐 오면

산이
땅이
움츠리는데

바다여
그러지 말게

아직 여명이 아니라네

어슬렁거리는 어둠
삭막하다

점수야 지남침도 없이
어디 가려 신발을 신는가

씩씩한 손발 휘저어
떠는 허세 감추려는가

미리 티 낸다고
동정이 벌써 일겠는가

신발 놔두고
켜둔 전기장판에 누워
몸이나 더 지지시게.

천안 12

아주 모를 신호

붉은 눈알 굴리는 흰 토끼
깨진 현미경 조몰락대다가

대낮 없는 속 귓구멍
들여다보는데

충혈된 범고래
곤두선 외뿔고래
박자 맞춰 박치기한다

자세히 살펴보니
긴 동굴, 깊이 숨은 외계 스파이가
명왕성 왕에게 쏜 모스부호다

지구에서는 풀지 말, 풀
수 없는 암호가 맞다

말하고 산다

보이는 말
비탈진 가슴팍을 달린다.

숨기만 하다가 버린 말
아예 복장뼈 들어가 숨는다.

빈말 방아, 없는 절구통 찧는데
있는 빗장뼈가 '쿵' 소리에 운다.

할 말
괜히 흉골 밑을 긴다.

시몽

천안 14
뻔뻔한 비밀 요원

소문난 나
가장 특별한 일을 한다.

뭐든 씹을, 아귀 입 놀려
어지러운 구린내 퍼뜨리지만

쏜살 옆에 붙어 날아가는
감쪽같은 솜씨 뽐내

희수를 지나쳐
미수에도 그치지 않고

뼈 드러난 가슴 가린
안개에 바벨탑 지어

전망하기 편한 데 서서
온갖 짐승까지 볼 거라 한다.

천안 15
백 스무 살을 조물조물한다

상식의 밖에 있는 이가
암시렁 않게 천지 만물을 만든
신의 첫날을 따라 한다.

미리 본 오늘이
활기 넘친 희열에 꽉 차서
지은 데로 가는 죄 없어서
두드러진 유전자 생생해서
이웃사촌 염색체가 편해서
우리 동네 유전체는 즐거워서
다 지금보다 훨씬 좋아서

어리게 까불다가 웃는다
겸손하라고 숨겨 주기도 하는

거기쯤에서 꼭 할 일 있어
그렇게 살려 간다.

함초函草

○ **본명** 신옥심申玉心
○ **출생**: 1961년 전남 목포
○ **거주**: 서울 중구
○ **현재**: 시몽시인협회 재무위원장

○ **공저**
- 제04집 시몽시문학 '친구란' 외 4편(2010.03)
- 제05집 시몽시문학 '그대의' 외 4편(2010.09)
- 제06집 시몽시문학 '불나비' 외 6편(2011.03)
- 제07집 시몽시문학 '소나무' 외 6편(2011.09)
- 제08집 시몽시문학 '할미꽃' 외 6편(2012.03)
- 제09집 시몽시문학 '민들레' 외 6편(2012.09)
- 제10집 시몽시문학 '저편에' 외 6편(2013.03)
- 제11집 시몽시문학 '가슴에' 외 6편(2013.09)
- 제12집 시몽시문학 '그리움' 외 7편(2014.03)
- 제13집 시몽시문학 '사랑의' 외 6편(2014.09)
- 제15집 시몽시문학 '채송화' 외 9편(2018.06)
- 제16집 시몽시문학 '노숙자' 외 9편(2019.11)

사랑의 속삭임

내 안으로 들어온
당신의 두 눈의 뜨거움이
마른 침을 삼키게 하고

요염히
내게로 다가오는
너의 강한 몸짓은
검게 그을린 도시가
빗물을 보듬는다.

마디마디
코드를 꽂지 않아도
온몸을 떨게 하는 전율들

아
이 순간은
우주의 별들이 우수수
절정으로 뒹구는 타이밍일까.

함초 02

갈증

무관심 속에
타들어 가는 아픔
가슴벽에 부딪혀

때로는
졸고 있는 햇살에도
태양보다 더 뜨겁다

견딜 수 없는
그리움 밀려오면
자비로 몰고 온
비구름의 행렬로 심장을 맡긴다

그리움이 밀려올 때면.

추억 한 장이 되어

하늘에 펼쳐진 별들은
양파처럼 벗겨도
그대로인데

꾸벅꾸벅
졸고 있던 내 젊은 날은
부끄럼도 잊은 채
겁 없이 질주한다

피에로처럼
곡예를 하는 오늘
잃은 것은 무엇인가
얻은 것은 무엇인가

젊음은 나를 따돌리고
발효되는 시간 속으로
기다랗게 나이테를 늘리며
그렇게 세월을 나도 따라가고 있다.

시몽

함초 04

가을의 노래

후끈 데워진
햇살에 취해
정열의 불꽃으로
황금빛 궁전 짓는다.

그 곁을 떠돌며
누구의 방해도 없이
세월의 갈증을 토하며
생명줄의 각을 세운 그대

세월의 발자취 남기며
다가오는 소리 임이런가
마음의 창 열어보니
단풍이 붉게 타는 몸부림이었네

깊어가는 삶

해 질 녘
실비 내리는 소리에도
꽃잎이 떨어지고

풀잎 풍경처럼
색칠하지 않는
가고 없는 세월에
짧은 무게를 느낀다

꽃은
사연 없이 피고 지지만
인생은 젖을수록 그리워만 가니

누군가 훔치고 간
세상의 응어리를 헤아리며
찬란한 미래를 곱게 물들이고 싶다.

함초 06

가을 단풍

빛으로 혼으로
엎질러졌구나

물감 짜내어
범벅으로 문질렀구나

강물에 뒹굴다
숲에 노닐다

길을 잃고 방황하다 말고
높은 꿈 향해 흔들리더니

기어이
메마른 가지에 엉겨 붙어
화려하게 뿌리내린

너 얼굴.

함초 07

겨울을 훔치다

벼랑 자락
담쟁이 넝쿨 사라지고

서리란 이름으로
반백이 되었네

이따금씩
불어 내리는
현란한 몸짓으로

익어가는
가을 노래의 흥이
해 질 녘까지 이어지고

짙은 숨결에도
가슴 들군 너는
사랑의 전령사가 되었네.

함초 08

계절의 약속

그대 생명을 깨워
붉게 태워놓고
심오한 아픔을 남겨둔 채
말없이 가버린 너

소란스럽던 들판은
휑하니 찬 바람만 불더니

타닥타닥
빛깔 곱던 추억은
하얀 고깔 내려앉아
천상의 소리만 들려

또다시 바빠야 할
혼들의 비상이다.

함초 09
별과 달

어둠이
밀려올 때면
길의 표적을 향해

불같은 육신
높이 떠 있어도
뽐내지 않고

소리 없이
빛을 토하는
너의 포옹에

찬란한 새벽이 열린다.

함초 10

그대의 발걸음

지는 세월
붉게 태우며
슬픔을 안고 떠나는
낙엽을

해 저문
노을빛 따라
소리 없이 떠나는
시간을

그냥 두고
떠나는 나그네.

함초 11

담쟁이

여린 가지 사이
뻗어 나온 실뿌리
바람결에 스쳐 갈 인연처럼

하늘에 닿을 수 없어
곳곳마다 터전의 등 밝혀
그리움 새겨놓고

아픔과 고통으로
찬 바람에 허적거리더니
이루지 못한 시간
뜨건 햇살에 몸살 앓는다.

시몽

함초 12

산수유

기다리다 지친
그대가

밤새
조잘거리며
봄비를 뿌리더니

잠자던
대하를
유혹하여

보송보송 알을 보듬어
떠나온 고향 집 울타리에
걸어두었네.

함초 13
별들의 순산

눈부신
태양은 수줍어 눈감고

만삭된
별들의 진동이 인다

동트기 전
화려한 광채를 위해
살점을 도려내는 비명에도
출산을 멈추지 않으며

영혼을 불사리는
저 숱한 분화구에서
아픔이 끝나지 않을

어느 새벽.

함초 14

나를 바라보며

초라한
학교 운동장 기슭
석고상 책 읽는 소녀

독서의 향기
마음의 양식
쌓인 탑

분홍빛 사랑
한 아름 담아
우체통에 넣어

작은 아픔
큰 행복
도마 위 칼 연주 소리에

시곗바늘 돌고 돌아
몸도 마음도 지금은
숙성된 중년의 모습.

삶의 무게

높푸른
꿈과 이상이

몸부림치는 고뇌와
눈물 어린 가슴앓이는

무수한 밤을 거쳐야
최선의 빛이 피어남을

잔잔한 감동으로
느껴진다.

혜안慧眼

- **본명:** 김미애金美愛
- **출생:** 1967년 서울 강서
- **거주:** 인천 계양
- **경력:** 제1회 낙동강 시 문학상
- **현재**
  - 한국시민문학협회 정회원
  - 낙동강문학 제1회 동인
  - 시몽시인협회 문학위원장

- **공저**
  - 제06집 시몽시문학 '추억의 노래' 외 6편(2011.03.)
  - 제07집 시몽시문학 '천년의 침묵' 외 6편(2011.09.)
  - 제08집 시몽시문학 '작은 음악회' 외 6편(2012.03.)
  - 제09집 시몽시문학 '흐림뒤 맑음' 외 6편(2012.09.)
  - 제11집 시몽시문학 '비가 내리면' 외 6편(2013.09.)
  - 제12집 시몽시문학 '비와 그리움' 외 7편(2014.03.)
  - 제13집 시몽시문학 '나만 몰랐네' 외 6편(2014.09.)
  - 제15집 시몽시문학 '터전의 향기' 외 9편(2018.06.)
  - 제16집 시몽시문학 '법당에 홀로' 외 9편(2019.11.)

시월

스치는
바람 속에서
말없이 떨어지는
시간의 추억들

다시는
돌아갈 수 없는
외로운 상흔

옷깃 여미는
미명의 꿈을
놓으려 합니다.

사연

봄이면
돋아나는 새싹에
웃음 짓고

여름이면
땡볕에 땀 흘리는
해변을 찾아

가을이면
불타오르는
낙엽들에 휩싸여

겨울이면
좋아하는 눈을
온몸으로 받아들이며

세상의 인연들
감사의 마음으로
나누며 살고 싶었습니다.

지금의
내 모습

불필요한
삶을 더불어
영위하는 것 같아
힘이 듭니다.

이미
극락을 찾아
떠나버린 한 추억이

저 같은
내 속을 다 내어 줄 수 없어서

오늘도
어둠이 내린
커튼 뒤에 숨어
우는 바람이 되어

속앓이
품은 채

떨쳐 버리고자
새 인연에
집착하니

상처 깊은
사연만 쌓여갑니다.

시몽

오늘 보내기

희망의 촛불 켜고
육신을 싣고 수평선 너머
꿈을 향해 달려가는 작은 배 심장

멈춤을 잃어버린
고장 난 키 붙들고
태풍이 휘몰아치는 강풍에
세상살이에 마음 흔들어 놓아도

지쳐가는 심신 보듬어
눈물은 삶의 파도에 제물이 되고
아픔은 지혜의 나침판이 됩니다.

하루의 끝에
자비로운 미소를 남기며
밤夜의 휴식에 나를 내려놓습니다.

장맛비

비의 뜀박질에
호들갑 떠는 바람

한 치 앞도 힘겨워
외출을 망설이는
우산 앞에

종일
열어젖힌 창문 밖
비의 거친 숨소리에
눈과 귀를 내어놓습니다.

고독의 삶

삶은
때론 고독의 날개를 펴고
산천을 떠돌 때도 있습니다.

아름다운 마음으로
고독을 쓸어내어 버리고,
찬란한 내일을 위해 미소 꽃을 피워

하루의 햇살이
서산을 넘나들 때라도
세상은 내일의 행복을 위해
노래합니다.

희로애락의 물결을 타고
흘러가는 것이 인생이라면
그렇게 흘러가겠습니다.

스치듯이

팔랑이는
산야에
짧은
미소를 남기고

아장아장
옅은 차향을 풍기며
가을을 걷는

바람 곁에
사랑이 앉았다.

가을빛 가득한 날

들판을 익혀 가는 햇살과
풍요로 가득 채운 바람

텅 비었던 들녘에 어느덧
아름다운 추억으로 채워간다.

한때는
청춘의 열기로 세상을 논하며,
쭉 뻗을 줄만 알았던 대나무처럼
굽힐 줄 모르던 자존감
번민과 갈등으로 채웠던
내 세월 앞에

가을빛에 흔들리며
중년이란 턱에 걸리니
마음의 고요가
익어가고 있다

햇살 고운 가을날
소중한 시간에
이보다 더 특별한 보약이 있을까.

그믐달

소나무 사이로
대나무 너머로
소리 없이
멀어지는 그믐달

흔적 뒤에 남는
밤 벌레 소리뿐.

숲속의 주인

귀 기울여
마음을 열어본다.

비의 안정
소리의 명상
바람의 휴식

숲의 주인 되어
찾아온 손님들.

가을 I

한가한 시간이 찾아올 때마다
지나간 날들이 떠오른다.

딱히
꺼낸 것도, 그리운 것도 아닌 일들이
까맣게 잊고 지내던 어떤 날의 기억들이
공기에 묻어 주위를 맴도는 가을

단풍이 나뭇잎에만 물드는 건
아닐 것이다.

사람 마음에도 스미고 번지는,
주머니에서 만지작거리어
소중해지는 추억으로 물들인다.

가을은
때리는 사람도 없는데
앓는 사람이 많은 계절이다.

시몽

혜안 11

상사화

엇갈린
그리움으로 피어난

끝없는
가슴앓이 사랑으로

타들어 간
심장처럼 붉기만 하다.

혜안 12

주말 오후

주말 오후는
바람이 일어 손발을 시리게 하더니
휴일엔 빗방울에 자리를 내어주고
사라진 햇빛 탓에 손발이 시리다.

바람이 떨어진 낙엽을 손잡고
골짜기를 오를 때
나무들이 쏴-아아 대답하는 것을 보니
어느덧 겨울인가 싶다.

겨울을 재촉하는 비는
어둡도록 지정거린다.

혜안 13
우리가 만났던 시간과 사람들

흘러간 모든 것들이 다시
오지는 않겠지만 한 번쯤
뒤돌아 가고픈 추억의
그림자가 있습니다.

지나온 삶에는
좋은 그것들과 아픔들이
혼합되어 아주 짧게 우리가
만났던 수많은 시간 속에 사람들

삭혀지고 닳아버린 아름다웠던 정들이
흔적으로 남는 기억들이 존재합니다.

지나간 시간과 사람들에 대한 아쉬움보다
일상의 모든 것들에 대해 감사와 행복으로
겸허하게 흘려보낼 뿐입니다.

세월

애써 외면한
허전함이
밤을 지루하게 잡고 있다.

할 일을 잃은 몸뚱이는
집안 곳곳을 누비며

자식들이
머물다간 그리움 찾아
배회한다.

혜안 15

영산홍

농로가 트이고
산천의 잎들이 피는
어느 봄날

하늘의 구름이
시원하게 열리는

터전에 씨앗을 뿌리고
일손이 바빠진 그즈음

붉게 피어난 두근거림은
수줍게 미소 짓고 있다.